氷室幻想飛行

高田太郎詩集

砂子屋書房

＊目次

I

II

Ⅳ

装本・倉本　修

詩集

氷室幻想飛行

I

日照り雨

国破れて
ひたぶるな学習の日々の連続から
手ぶらになった少年ぼくは
縁側の日向に出て
田舎道を通る人々を眺める日課となった
人の姿はさまざまで飽きることはなかった

そんな中から
ぼくの未来像を求めて悦に入っていた
竹藪に囲まれたわが家には
用あっての遠来の客などはめったになく
役場の小使いさんか
近くの茶飲み婆さんくらいだが
日参貰い人の中には
一握りの米を貰い
「サンキュー」と一言残して去る
インテリコジキもいた

ところが日照り雨のあったある日のこと

異形の姿がわが家の軒先に現われた
案山子のようなボロを着て
腰に空カンを吊しガラガラ鳴らしながら
軍隊調でお経のようなものを唱え出した
軒下の犬も立ち上がって耳を傾けた
不動の敬礼がぼくの記憶を呼び起こした
かつての村の誇り秀才学徒兵
出征後の動向は不明だったが
戦後人知れず村にもどり
奇異な振舞いで人を惑わせ
さながら村に現われた珍獣のように
村びとの目に映ったという

誇りが恥になっても恥じないご時勢だった

それから七十年経った
ぼくらの村は四方から浸蝕されたが
とんでもない偉人が発掘された
実名を挙げても
ぼくの虚実皮膜に傷はつかないだろう
その名は荒井退造
苦学して高等文官試験に合格し内務省官僚となり昭和十八年沖縄
県警察部長に就任　戦場となった沖縄で約二十万の民間人を県外
や県北部に移住させ命を救った　そして沖縄戦終焉も間近摩文仁
の森に入っていく姿が目撃されたのを最後に消息を絶つ

地元有志による講演会　展示会　碑の建立　生家見学など偉人作りに奔走したのはぼくの中学時代の旧友だった

ぼくは今縁もゆかりもない異国の歌
「ユー　レーズ　ミー　アップ」を聞きながらこれを書いている
何と底知れぬもの悲しいラブソングであろう
不毛の野面を吹きすさぶ風のように
ぼくの不毛の想念を掻き消していく
縁起直しの日照り雨は再び来るが
あのうぶすなの狂人と偉人は
もうあの世にもいないであろう

百姓談義

水呑み百姓といっても
今の若者には分かるまい
江戸時代の言葉だったそうだが
ぼくらの子供時代も
他愛もない日常語だった
呑か貧か知らないが

〈どん百姓〉ともいった
ぼくも呑貧百姓の小セガレだったから
食い物不足には
水を呑んで腹を満たした
それでも野放しのにわとりのように
目につくものは何でも口に入れ
命をつなぎ
いっぱしのガキ大将になった
そんなぼくらにも
終戦直後の頃は
〈お百姓さん〉と世に崇められ
歌にもなった

ぼくも買い出し夫人から
〈オボッチャン〉と呼ばれたことがある

今にも倒れそうな藁屋根の家
鴉が数羽
阿呆づらして屋根に止まり口を開けば
恰好の絵になる
屋根にはぺんぺん草や雑木まで生え
青大将や鼬の住処になった

そんな百姓家は竹藪と風でもつ
藪の変幻自在の重々しいうねりは

魔除けの所業にもなるし
住む蛇も安心突かれずにすむ
ときには飢餓の風体をした流れ者が
藪主になることもあるが
ぼくらは一握りの米を頭陀袋に入れてやり
追っぱらった

竹藪も何十年に一度は
花を咲かせ音を立てて枯れるという
だが貧乏風が作った言葉は生き残る
たとえばそのひとつ
あの日本映画史上最強とうたわれた

クロサワ作中の一言
〈百姓はいつもずるくてけちなんだ〉
藪や風も
派手な同意を見せて溶暗する

どんな長い夢でも見るのは
一瞬のうちだと言われているが
百姓百代のぼくらのふるさとが
一瞬のうちに異土となっては
いまやけちもへちまもあったものではない
古老の時代の読み違いか
地理の生理の狂いとしかいえようがない

悪童談義

村の子供らの甲高い声と足音で目をさます
夢の続きの幻聴だった
ぼくら野放し悪童の三つの楽しみ
建前　ジャンボ　御祝儀
ばらまかれる小銭や餅を狙って
ぼくらはにわとりのようにけたたましく殺到する

情報源は
じいさんばあさんの縁側での茶飲みばなし
鴉の不吉な鳴き声
ぼくらの耳は
風よりも稲妻よりも早かった
悪童も風の子だから火を煽ることもある
貧村に付き物の火事も身の内
この天を焦がす一大見物《みもの》に近づいてみよう
どの家も藁屋根だったから
落雷による火事も多かった
まず火の見櫓の半鐘が狂ったように叩かれる
はじめは煙も見えず雲もなかったが

人の騒ぎと犬の鳴き声が大きくなる
遠くても近くに見えるのが火事
ぼくらは泥棒よりも早く勇んで飛び出していく
鎮火してしまったらおしまいだ
幸いなことに消防団の手押し火消し車が
間に合うことはなかった
それでも車は着くと
儀式通り井戸から放水して見せびらかす
あとは炊き出しおにぎりと茶碗酒を待つだけ
久しぶりの出動が楽しみの一刻に変わる
運よければぼくらも
おすそわけにありつけることもある

焼け跡の上空では
鴉が火気流にのって遊び
井戸から吐き出された魚が
水溜りに逃げこもうと銀鱗を光らせる

やがて酔っ払いに引かれて車が帰るころ
忘れていたかのように
くすぶっていた火種が
とつぜん空中に吹き上がった
その火花が
いままでの子供の自分の
淡く消えていく光と音であったことに

まだ気づくことはなかった
悪童の世紀が終わりつつあることも

幼年紀行

〈大キクナッタラ何ニナリタイデスカ〉
受持先生が代わるたんびにぼくらは聞かれた
はじめは国民学校初等科一年のとき
ぼくは何とこたえたか覚えていないが
百姓次男三男の生業の定番
大工建具屋　屋根屋　籠屋　鋳掛屋など

屋の付く商売を名にしたかもしれない
ところが先生ごひいきの級長が
〈リクグンタイショー〉といってのけた
大将だけならぼくも知っていたが
陸軍をつけたところがさすがだった
まさか西郷隆盛や東條英機を知っていたわけではあるまいが
日本でいちばんえらい人と聞かされていたのであろう
また少し智恵の遅れたオッチョコチョイが
〈テンノーヘイカ〉とやってのけた
先生は蒼くなって叱りつけたが
そのわけが分かるはずはなかった
というように

よそ様のことは記憶にあっても
自分の事は忘れてしまうぼくの性はゆるしてもらおう
女の子はオヨメサンくらいしか言いようがなかった
これも悲しい性だが

戦争に負けて
ぼくらは何人にもならずにすんだ
男女ドーケンとかいって
男と女が机をくっつけて並ばせられた
男にもお裁縫の時間があり
ぼくはネコのチャンチャンコを縫ってほめられた
たまに陸軍大将のいかつい顔がうかび

針を指につきさしたこともある

湯川博士がノーベル賞をもらい
古橋選手の名がベーゴマの面に刻まれたころから
〈尊敬スル人ハダレデスカ〉もよく聞かれた
先生をよろこばすために
野口英世かリンカーンといえばまちがいなかったが
ぼくはまちがって川上選手といったら
えらい人ではないとたしなめられた
ぼくは依怙地になって
「でも神サマだよ」といって反撃した

世の中は逆転しながら進んでいくものだ
やがてぼくも勇気凛々と初教壇に立ったとき
同じ問いを向けるハメとなった
〈両親デス〉〈母デス〉〈父デス〉
まるで物に憑かれた幼児のような顔顔
一瞬ぼくは奇妙な敗北と虚無感におそわれたが
その理由が何であったか覚えていない

新制中学綺譚

ぼくはとつぜん中学生になった
だれもかれも中学生になってしまったから
ぼくは急に気力がぬけてしまい
釣りばかりがうまくなった
ハナタレ小僧が白線入りの学帽をかぶったのだから
世のじいさんばあさんもたまげて

開いた口がふさがらぬまま笑いこけた

宇都宮陸軍飛行場跡の
松林の中にできたぼくらの新制中学校は
まるでジャングルの魔の巣窟だった
教室の片隅ではベーゴマが唸り
オハジキが飛び散り
窓枠にまたがった番長ターザンが奇声を上げ
智恵遅れのチーターが
ヒワイな替え歌を発しながら
廊下をかけ廻った
野放しの自習時間が続き

ぼくらに本物の自由主義を教えてくれた

そんなときだった
ひとりの少年が
空爆で破壊された飛行場の片隅から
村の篤志家の里子となって
忽然とぼくらの組に現れた
ぼくら土地っ子には
疎開っ子や転校生はイジメどころか
なぜかまぶしかった
おべっかも使った
彼はいつもノートの端くれに何か書いていた

それが詩のようなものだと分かったのは
後々のことであるが
ぼくが隣机から盗み見すると
高女出たばかりの音楽の先生の名だけが
つらねてあった

長じてぼくも詩の道の端を歩くことになったが
ぼくの詩はひたすら一人よがりの迷路で立ちすくみ
彼の詩は郷土の詩人相田みつをや柴田トヨを彷彿させたが
その一歩手前でとまり
名が世に出ることはなかった

いつのまにか彼は郷里をすて
相模原田名の人となっていた
そして人知れず平成晩年師走
朔風吹きすさぶ「相模大凧」に魅入られ
幽明過客となった
それまでぼくは
あの飛行場跡の土管の中の居心地と
女先生への恋文の行方を
けっして彼にたずねたことはなかった
肥後守でも切れない秘密と友情の捧げもの
知る人はもうだれもいない

鰉妄想

詩を書く少年三島は
生まれて最初に見た記憶は、
産湯に使われた盥のふちのところと
そこにほんのりとさしている光りである、と書いた
ホントかウソか確かめようもないが
作家や詩人の思い込みや妄想は

類人猿にも劣らないところがあるから
疑うことは愚かである
ぼくもその端くれにいるので
三島の類の記憶ならいくらでも書ける

ぼくは生まれて最初の、とは言わないが
学校に上がる前の最初の記憶は
盥のふちならぬ田んぼ小川のふちと
小魚が横向きになって見せる銀白の腹の光りだった
その水の中の光りがきっかけとなって
ぼくは小魚の仲間入りし
イッパシの釣り少年となった

ひとりぼっちの好きなぼくの水中の友は
ヒガイ（鰉）とガンガラだった
ひ弱な魚で釣り上げるとすぐ死んでしまうが
魚鱗の光りだけはいつまでも残っていた

魚影があっても魚信のない日は
ふしぎともあたりまえとも言えるが
予期せぬ出来事や思い出したくない思い出がぼくを悩ませた
そのひとつぐらいは書いておこう
ぼくのいつもの釣り場近くの村に起こった事件
昭和二十八年ぼくが高校一年のときだが
天下の進学校に恥じる釣りの日々

赤尾の豆単ぐらいは持っていたが
魚籠を持たないぼくは
かかった鰉を川面に投げては
逃げる姿をたのしんでいたが
その波紋の広がりに
女級友のゆがんだ顔がいくつも見え隠れした

ぼくの隣の机は寺島ユキ子さん
勉強ができてしっかり者
だが家は貧しく高校にも行かせてもらえず
ある商家へお決まりの女中奉公
少しは家事に慣れたであろう夜

押し込み強盗の手にかかり
十五の春のまま帰らぬ人となった
一人の男による一家四人皆殺し
やっとふくらみはじめた蕾を散らしながら
男はどんな思いでからだをゆすっていたのだろう
おぞましい事件は忘れるためには起こらない
それは鉤にかかった鰉の薄紅色の痛みのように
思い出すたびに強まってくる
いつまでも竿を折れないぼくの執念に似て

II

西部劇綺譚

ぼくは宇都宮東部寒村の
どん百姓の小倅の生まれだが
戦後まもなくターザンの申し子となった
教室の窓枠につかまって奇声を発していた奴もいたが
ぼくは半裸で野良犬のチーターを連れ
村の山林野畑を駆けめぐった

そのターザンが初めて宇都宮西部の映画館に
足を踏み入れたときのことである
足元にネズミがうろつき
タバコの煙の中で大砂塵が舞い上がる
ぼくもむせびながら目を凝らし
憎っくきおたずね者を追跡したが
未だに見失ったままだ
ところが時が経ち老けが出てくると
非日常の劇中のストーリーの夢の続きが
奇妙な展開を見せることがある
たとえばあのおたずね者が

いきなりわが家の軒下に現われる
そして数十年来の知己のようにむつまじく
ぼくと二人で冒険活劇の筋を練る
鞍馬天狗とインディアンの一騎討ち
丹下左膳をつけ狙うガンマン
天狗の短銃がトマホークを制し
左膳の長刀が弾をはねかえすということで
ぼくは面目を保ったが
このたわいもない一幕の御利益は今も続いている

とまれ夕闇迫る映画館を出て
ふっとわれにかえったときの

一抹の寂寥感がぼくに残っているとすれば
ぼくの正気のおまけの時間も
まだまだたのしめそうだ

ムジナ

食らうことと
野良遊びしか知らない
ぼくら戦後餓鬼どもにも
姿の見えないものが
いつもつきまとっていた
野にも川にも縁の下にも

たとえばそのひとつ
そのころのぼくの居所は
大川の土手の藪の中
ある日の暮れ方
風もなく無数の羽虫が顔にまといつく
絶好の釣り日和
浮子もひっきりなしに動いた
やがて餌箱も空になり
栄養不良児　鳥目の敵
夕闇が急に襲ってきた
ひとりぼっちの川端は危ない

手早く重い魚籠を片手に
草道を急いだ
と、そのとき後ろから
ぼくの足音と同じ音が聞こえてきた
ぼくが止まると
そいつもはたりと停止した
ぼくの歩く真似としては正確すぎる
鼻息も加わった
ムジナだ
おやじのまじめな囲炉裏ばなしが
ぼくの頭の中で燃えだした
騙されたら家に帰れない

ぼくはとっさに魚籠を放り投げ
畦道を駆けぬけた
遠くに火の玉と見えたのは
わが家の灯火だった
というところで話の終わりにするが
好奇と恐怖にかられても
一度も振り返らなかったのは
餓鬼大将としてのぼくの
片意地だったことだけは書いておこう

いつのまにかぼくも
老々社会のしがない漂流者となったが

もともとイナカモノの怖いもの知らず
日に日に
ムジナが恋しくなるばかりだ

魚の行方

「釣れますか」
通り人があざけるように老人に声をかけた
コンクリートのどぶ用水路と化した川
釣り人が来る所ではない
だが老人は魚を釣っているのではなかった
まやかしの糸を垂らし

浮子を流し
身をもって少年の日のまぼろしの魚を
追い求めていたのである
「だめですね」

あの頃は川面にコウホネの花が咲き乱れ
銀鱗が跳ね
そしてぼくら悪童もみんな釣り少年だった
竿も浮子も肥後守で作った
ミミズをぶら下げて釣るだけだが
釣り場が決め手であった

たまに町から
親子づれが自転車でやって来て
川岸に佇むことがある
ぼくら百姓っ子にも慈悲がある
釣れない親子にぼくらの魚をくれてやった

ある日ぼくは町の縁日に出かけて行った
立ち並ぶ出店の中に
水槽に囚われた魚を
小銭を出して鉤で引っ掛け遊ぶ場があった
尾鰭切れ　鱗剝げ　爛れた口の死魚が
目をむき出してぼくを見ていた

ぼくの慈悲は泣いた
その夜はじめて魚になった夢を見た
聖人がわが身を魚の餌にせよとの
慈悲を知ったのは
後後後のことである

飛行少年

ゴムひもをとことんまでねじ巻き
プロペラをまわし飛ばす
竹と紙の模型飛行機を知っているだろうか
ぼくら少年飛行兵の夢をのせて
空に放ってたのしんだものだが
ある日の暮れ方

ぼくの一番機が
とつぜん行方不明になったことがある
探せば見つかるという子供の論理が
早くも消えた瞬間だった

その夜からぼくは夢の中で
空中遊泳の達人となった
胴体に巻きつけられたものが
だんだん解けるにつれて快感が伴い
急転直下地に墜ちて
翌朝母に叱られたこともあったが
その鳥瞰の残像はあざやかだった

ぼくの抒情を先取りしたようなフレーズが広がる
湖の辺にゆらぐ黄水仙
牧場の泉でよろける仔牛
そして
見渡す限りの草原の輝き
夢でしか見られない現実は
実在をはるかに超えた美しさがある

七十年も過ぎた今宵
ぼくの分身だったあの白い機体が
どこからともなく現れ頭上をかすめる
あまりにも短くなった時間の所業か

過去に見たものは
もう二度と見ることはできない
この大人の論理を
確かめるようにぼくは二度寝返りをうつ

下校老人

年寄りの昔話はごめんだ、という
人々のためにも詩はある

敗戦時ぼくは
大日本帝国貧村の
ひまわりの花咲く家にいた

ぼくら少国民にとって
敗戦も屁のかっぱ
学校も名ばかりで
下校ともなれば
檻から放たれた不用動物のように
野に散った
何もかも教室に置きっぱなし
カバンも頭も空っぽにして
家でこき使われないための寄り道の連続
手ぶらになった子供は強い
けんかと火あそびが下校の花

一番人気のけんかは血なまぐさい花で
人目のつかない掩体壕の中と決まっていた
その因の仕掛けは番長争いが多かったが
ベーゴマ、ビー玉の取られ組
草野球の負け組の報復戦もあった
どちらかが鼻血を出せば級長ストップ
ぼくの楽しみの役目はこれで終わる
草の葉をもんで鼻の中に押しこむ役で
ドクター級長というわけだ
壕内には軍用機の残骸に入りかわって
多くのヤマカガシが住んでいた
引っつかまえて女の子に見せびらかす猛者もいたが

そんな悪童にかぎってけんかは弱かった
女の子は草むらでしゃがんではいけないといわれていたが
その意味はぼくにはまだ実感がなかった

火あそびも下校につきもの
借り物の返礼にツケギと称して
マッチ箱を添える習慣があったので
ぼくらはそれらを隠し持つことに事欠かなかった
出番は主に冬　枯草が主役だった
黒々と広がる領土での火消しの放水も
遊び道具不要のゲーム
その心地よさはぼくらの春のめざめとなった

けんかも火あそびも村の子供の声も
記憶の中に今もあるにはあるが
地の表情にふるさとはない
悪童の日々が消えて
〈野火のあとのぬくみのごとく
　いつしかに遠き思いの淡くなりゆく〉
ぼくの詩は少年と老年しかなかったが
その幻影はわずかに手書きの所作に残っている
果たして時は経たのであろうか

Ⅲ

学芸会

戦争に負けても
村のぼくらの分教場は残っていた
家に居ては仕事の邪魔者
邪魔物のための学校の授業は
毎日がドッジボールだった
ぶっつけて面白がるのは

男も女も同じだった

沼野明代さんは
ねんねこ半てんの女級長だった
ぼくが鬼になって
ぶっつけられる番になり
後ろ向きになって歯をくいしばっていると
彼女だけが
やんわりとぶっつけてくれた
ぼくはふんわりと校庭に浮いた
ぼくの初めての恋の目まいだった

その晩　風呂焚きの麦わらがよく燃えた
火に追われぼくの手のなかで跳ねる
コオロギのくすぐったい感触に
今までにない妙な衝撃が走った

やがてぼくらは
出来立ての新制中学生
彼女は家に近いという理由で
隣村の中学校に行かされてしまった
この小さな別れのさびしさは
あの学芸会が終わったあとの
ガランとした分教場に似ていた

親も来る学芸会の一番の出しものは
学年ごと全員による劇だった
セリフのできない子は馬の足や案山子になった
主役は級長に決まっていた
ぼくは劇中で彼女にひざまずき
別れの言葉をのべて去る役だった
その夜　ぼくは王子になった夢を二度も見た
続きの続きの夢を今でも見ることがある

雪の記憶

宇都宮陸軍飛行場跡の松林
出来立ての新制中学校
最後の学年三月の日曜日
校舎には他に誰もいなかった
そのころの学校は鍵もなく
どこからでも中に入ることができた

家に居てもつまらなく
さりとて他に遊びに行くところもなかった
その日は雪解けだった
前日　一級下の小林信子さんに
何か貸してもらったお礼にと
新しい鉛筆二本渡したら
見事に返されてしまった
校舎の軒の雪解け水がやかましかった

ぼくは窓辺に頬杖をついて
やかましい音の中で
彼女の拒絶の奥のこころを知ったのは

林檎畑の藤村よりも早かった

返された鉛筆でその人の名を書くと
急に近づきがたい奇妙な畏怖におそわれたが
それもまたぼくの春のめざめだった

このようにして
僕の龍宮物語は過ぎていった
いつのまにか
ぼくを魅せ惑わせた雪も絶え
雪に代る言葉を探しもしたが
幼い恋の行方も不明となって

古老の夢ばかりが
幻の校舎をかけめぐっている

遍歴の詩人

ぼくは小さいころ
アベコベなことをいっておもしろがった
白のことを黒といったり
黒のことを白といったりした
たとえば
黒い雪などといったらしい

そしたらぼくは
幼くして武智カントクの先人でもあったわけだ
そんなぼくだったから
ガッコの先生にもバカにされたり
イッカツくらったこともある

ぼくが詩を書きはじめたころも
この思いが寄生虫のように
ぼくのノーミソに巣くっていたのである
投稿してみると
オモシロイとか
オキシモロンとか

アバンギャルドなどといって
選者先生がおだて上げて活字にしてくれた
自分でもよく分からない自分の詩が載るのに
奇妙な快感を得てしまった
その快感がぼくを得意にさせた
得意は継続して力となり
一気に老年となった

だが
むかし一緒にガリを切って詩を書いた友らは
バカらしくなってみんな姿を消していった
今でも鉛筆をなめ

舌先で詩を書いているのは
ぼくだけかもしれない
死なない死者ならぬ詩がない詩人
その遍歴だけがおこぼれとして残っている

ばらの行方

〈ばらは　ばらです
そしていつも　ばらでした〉
ぼくの好きなアメリカの詩人ロバート・フロストの
「ばら科」のきわめつけの出だし二行がこれだ
ぼくもばらの文字を詩に置き換えて
ひとり悦に入って詩人ぶっていたが

さすがにばらのトゲは黙っていなかった
〈剽窃は困る　ばらの分からず屋が口にすべきではない〉
とげとげしくぼくに難クセをつけた
こうなっては
ぼくが許されるかどうかは
ばらの達人光楓荘の主詩人に聞くしかない

それにしてもばらも詩も謎めいたパラドックスが好みらしい
うめ　ふじ　ゆり　きくなどのありふれた花の子はいるが
ばら子は見たこともない
ばらの色というのもどんな色なのだろう
人生にも色があるというが

たしかに無色を装ってきたぼくでさえ
一度だけ色変わりしたことがある
あの軽井沢での中学校同級会
落葉松の秋の雨に
ぼくの心が濡れていたとき
何十年ぶりに出逢った級友
軽井沢ならぬ野田夫人
歌詠みの人となられていることを知って急接近
ぼくにとってはじめてのばら子となって
玉章の山を重ねた

今ではりんごも梨もばらだという

そうなれば
次に何がばらになるか
分かっているのは諫早のかの詩人だけだが
ぼくにはまだ明かしてくれない

古妖詩人

かつての詩友ワシオ・トシヒコさんは
ぼくらの所属していた詩誌『風』の主宰者土橋治重の詩を
綱渡り詩と評した
詩と散文の間に張られた一本の綱
絶妙なレトリックとストーリーを操りながら
往きつ戻りつする

一歩踏み外せば彼は詩人ではなく
ただの生活者にすぎなくなるというのだ

ぼくの首は前にも横にも曲がらなかった
ぼくには詩を書こうと思って書いたときだけ
書き上がったものが詩で
思わなければ散文という単純な手立てしかない
綱渡りする芸当も落ちる芸当も霧の中
期日が迫ればろくろっ首になって
ことば探しにあくせくする

だが何を書いても書いたあとの虚脱感の捨て場はある

その一つを上げれば
春まだ浅き縁側である
ぼくは猫にも負けぬ暖かい場所を探し
陽だまりで音楽を聞く
今や知る人も少なくなったＮＨＫラジオ番組
「希望音楽会」のテーマミュージック
その甘美な恋心をくすぐるようなメロデーに
果てしないロマンの夢にひたっていると
〈どけ　そこはオレの居場所だ〉
家主の猫にどなられた
〈まあ　かんべんしてやれよ
イナカ詩人がオレの曲にぞっこんなのだから〉

どこからともなく現れたラフマニノフという大男が
長い指先で猫のひげをなだめてくれた

ここでハッと目を覚ませばただの散文しか残らないが
ゆめうつつのはざまの綱渡りが実現
落ちてもばら子さんのばら園と決め込んでいたが
薔薇のもっとも高き香はほんの瞬時で
あとは残り香のようなものだという
その瞬時に気づかなかったぼくの詩の失態
見上げれば遅き日の空の名残
老いのかすみ目をしょぼつかせながらの
ぼくのラプソデー

十八番〈古妖〉一席

おそれながらぶち上げた罪ほろぼしに

再び土橋治重詩集をよむ

さつき幻想

庭の片隅に
かつての凝り物の成れの果て
名も忘れてしまった白いさつき花が咲いている
昭和四十年代さつきブームとやらが
ここ下野の地を襲った
県外からも観光バスが鉢をもとめてやってきた

犬も杓文字も手を出し
ぼくら教師仲間でも鉢数を競い合った
花の色や姿などはどうでもよかった
歌の文句のせいでもあるまいが
どうしてこの白い花が残って今も咲いているのか
奇異に思ったが
花に聞いても分かるまい
花は無口だ
お咲きにご苦労というわけでもないが
褒美に大バケツ一杯川の水を汲んできてぶっかけてやった
さつきほど水の好きな花木はない

バケツの水の源流
大河鬼怒川がぼくらの村を流れ
川沿いの高台の一角に
鎌倉時代に築かれたという国指定飛山城跡がある
幻視の中ぼくは早くも
菜の花街道千波が原の学舎を越え
城跡に思いを馳せる
飛山城の崖下の謎の深瀬
妖女変化の白鯰が棲むという
その暗い底知れぬ深みを腹にあて泳いだ少年の日の
ひやりとした何かに触れた戦慄がよみがえる
実証写真はたったの一枚

七十年も前の中学時代の
隣クラスの潑溂とした水着の面々
今でも名が出せるのはぼくの根性のせいか
鹿沼さん　宮さん　金沢さん
滝田先生　吉沢君　荒井君は
男性ファーストの習いにはまって一緒に
あの世のお客さんになってしまった
背景の飛山は朦気の中にかすんでいるが
今も変わらない

子供心にあった夢の飛山城には
白鷺とまではいわないいが

雀くらいの天守閣と石垣があった
だが　近年復元された
歴史的事実とはさびしいものだ
お粗末な櫓台や烽家
ぼくの詩のロマンとは程遠いものばかりだった
気落ちして資料館に入ると
ぼくの中学級友の飛山詩額が目についた
彼は「沖縄戦で県民疎開の恩人といわれた荒井退造警察部長を
郷土の偉人として世に知らしめた」功労者である
ぼくは何となく身の不明に恥じ入りながら外に出た
ここでも庭先で白いさつき花が
ぼくの今の成れの果ての姿を嘲るように咲いていた

Ⅳ

河骨川

「春の小川はさらさらいくよ」の原景は
東京の渋谷駅の近くだそうだ
コウホネの黄色い花が見どころの
河骨川という小川だったという
東京オリンピックの工事で
暗渠となってしまったが

歌に咲く花は消えることはない

ぼくの生まれは宇都宮の東の在だが
ぼくの家の前の田んぼにも
コウホネ群生の小川があった
その水草がコウホネという名だと知ったのは
後後のことで
ぼくらはカワボウズと呼んでいた
水浴びや魚釣りには邪魔物
引っこ抜いては土手に投げ捨てた
女の子は花梗を折って首飾りにして
嬉々の声をあげてはしゃいだ

やっとふくらんだ小さな胸に
ぼくの目が止まったのも
その頃だった

ふるさとの花の小川に
感傷はつきものだが
今もなお
老いのかすみ目に
河骨の花に群れつつ
メダカが泳いでいる

林中感懐

ぼくが投稿少年だった頃
浅春の雑木林の陽だまりで
詩を書いた
机に向かっていては
女の子ばかり頭にちらついて
言葉が出なかった

ときには啄木のマネをして
朽葉の上に寝ころんで
十五少年の心をたんまり空に吸わせて
自分だけの贅沢な時間を
持て余した

空の名残を惜しみながら
すっかり葉を落としつくした樹々は
天辺で神経のような細かい枝を
悩ましく絡み合わせ戯れ爆ぜ
ぼくの不純な春のめざめを惹き起こしたが
シジューカラの会話

林中一番咲きの薄紅のシドミの花が
ぼくの乱れを治してくれた

落葉さらいも下刈りもなく
貪欲な篠竹に食いつくされたまま
ぼくの家の荒れ果てた雑木林は
今もあるにはある
どんなに変貌しても
「ある」ということで
この一篇の詩は
完結する

縁側

ぼくは陽だまりの縁側で
ひとを想った
ときには驟雨吹きこむ縁で
ひとの手紙を
破ったりもした
春日遅々

暮れなずむ空の名残
極めつきは
想いびとの薔薇の
もっとも香り高き一瞬に
気づかなかった
ぼくの人生の失態

と、書いては
ぼくの詩の失態にもなるのだが
かつての
ひたぶるな学習の日々
気まぐれな青春番外地の

浮遊物と見なせば
事は済まされるであろう

吹きざらしの
縁側だけが知る
素足の恋の感覚
それは
今もなお
老いのかすみ目に
愛《かな》しく蘇る
ぼくの自伝

遠い島

漱石や鷗外よりも
ぼくは南洋一郎が好きだ
好きだった
猛獣狩りや秘境の探検に
ぼくを連れて行ってくれた作家のはしくれである

今では紙面から消えたが
蛮人にも会わせ
ぼくを仲間にしてくれた恩人でもあった
かれらを原地人といったら失礼であろう
ごまかしの言葉はかれらの品位を下げる

ジャングルの人食い人種にも会った
わが国にも人を食って元気な老宰相もいたが
人の味を語ったことはない
ほんとうに人の味を知っているのは
ぼくがもっとも恐れていた人食いトラだ
狡猾で神出鬼没

ぼくは何度本を閉じたか分からない
閉じるたびに追いかけられ
絶海の孤島
緑の無人島へ
そして
人食い詩人が住むこの島で
ぼくの老いは日に日に深まってゆく

ふたり

秋風の立つ日
高い空に昼月が傾き
落日の光をあびた二条の飛行機雲が
川となって流れている
川のひと　空のひと
ふたりの詩人との訣別は無言のままだ

詩人が詩人でなくなるとき
どんな思いを残していくのだろう

百年来の豪雨
那須余笹川の激流に身をまかせきったひと
その瞳孔の奥に残ったものは
鮎の群か
それとも死に切れなかった蛇の尾か

コスモスの花咲く野洲八溝の田舎道を
自転車をこぎながら

リーダーのRの種をまきちらし
空へのあこがれをかなえたひとも
いま　どこの空に迷いこんでいるのだろう
散り果てたゆうすげの川土手に
秋風とともに立っていると
うすべに色の蜻蛉の羽根のような
そのひとのひそかな手のぬくもりが
思い出されてくるが
それが美しい誤解であったか
老い生きたこととの過失であったか
まだ分からない

春の日に

鬼怒川から小魚を誘い
細々とやってきた田んぼ水は
ぼくのこころに広がってくる
ぼくがあのひとと呼べるひとは
無雑作な田んぼ道を
十五の歳を春いっぱいにかかえながら

道端の花ひとつひとつ開かせ
歩いてくる
ぼくは身動きもできないぼろ通学バスの
曇った窓から
不似合いなあこがれに酔い
その花ひとつひとつを盗んできた
それから　その花をどこに隠して
ぼくは生きてきたのだろう
隠されたものはみんな美しいと
負け惜しみを言うかもしれない
いま　すべて企画された
色つやのない

剝げかかった古里の田んぼよ
それでも
じめじめしたぼくのこころを破るかのように
一羽の白鷺が
思いきり足をのばし
音もなく移っていった
あのひとのひとひらの春をのせて

青春暮色

原子爆弾馬場勝男（と書かれていたと記憶するが）を
知っていたら教えてくれないか　昭和二十年代後半　ぼ
くは東武宇都宮駅から次の南宇都宮駅で降りて滝の原*に
通った　車窓から見える大銀杏　目下には宇都宮城の濠
水面に雷魚が跳ね上がり得体の知れぬケモノが遊弋　カ
ワウソといってはウソになるが他に名がうかばない

下校時の密かな期待の場　東武宇都宮駅隣の東野バス停留所　白い衿カバーとフランス百合の校章をつけたあの人との出会い　バス同乗のときめきが大学受験のための課業を忘れさせてくれたが　その日いつも決まっていたバス時刻に彼女の姿はなかった

次のバスに期待しながら　時間つぶしに近くの中央小学校の校庭に出かけた　人だかりがしていて近くにボクシングの特設リングが見えた　ピストン堀口ならぬ〈原子爆弾馬場勝男〉と大書した看板があった　ぼくはバスの時刻など忘れてしまい原子爆弾の登場を待った　馬場

の相手は意外と貧相だった　馬場のありあまる右ストレートが炸裂すると　顔面から汗と血が飛び散り　カワウソのように空を泳ぎぼくの眼前でぶっ倒れた　ぼくも血沸き肉躍ったが　斬られ役ボクサーの心の裏はよめなかった　もし原子爆弾が不発だったら　彼は路頭に迷っていたかもしれない　いまや巷の幽明過客に目を凝らしても　あの勝者原爆男の行方は杳として分からない

バス停で会わずじまいだった白い衿の少女は　いつのまにかぼくより早く大人になり　いずこともなく去っていった　ぼくが受験浪人中に一度だけ町角で二人連れの彼女を見かけたが　連れの相手の後ろ姿は　あの日の敗

者ボクサーに似ていた　ぼくの夢淡き青春が嫉ましい青
春に変わったその夜　彼女のために取って置いた水仙の
作り花は急に色褪せ　みだらな欲情となって散った

＊滝の原　宇都宮高校所在地一帯の呼び名

あとがき

前詩集『肥後守少年記』を出してから十年になります。その間、いろんな詩の会とも疎遠となり、たまにお送りいただく詩集や詩誌に目を通すだけの日々となってしまいました。そんな中で、ひょんなことから岡耕秋さんの好意で、詩とエッセイ誌「千年樹」に一篇のせていただきました。それが契機となって、詩篇を重ねることができたのは、同誌に稿を寄せているすぐれた執筆者のみなさんのおかげです。教えられるところが多々あり、励みとなりました。

本集には「千年樹」に掲載した作品を中心に二十四篇を収めました。いずれも懐古趣味的老人のたわごとのようなものですが、もはや知る人の少なくなった戦後まもない頃の貧しくも奔放な少年の心と姿を辿ってみました。

こんな詩集でも手にとっていただけたら、この上もない喜びです。

なお、氷室は私の生地の名で、宇都宮東部の鬼怒川の近くにあります。

高田太郎

二〇二四年　早春

著者略歴

高田太郎（たかだ・たろう）（本名：増渕正高）

1937年　栃木県宇都宮市生まれ

1960年　宇都宮大学教育学部英語科卒業

詩集

『高田太郎詩集』（黒出版社）

『涸堰』（国文社）

『水の坂』（国文社）

『地の来歴』（砂子屋書房）

『春の土管』（砂子屋書房）

『どぶ魚』（砂子屋書房）

『雷魚』（土曜美術社出版販売）

『肥後守少年記』（土曜美術社出版販売）

新・日本現代詩文庫51『高田太郎詩集』

（土曜美術社出版販売）

詩論・エッセイ集

『風の道標』（砂子屋書房）

『詩人の行方』（コウホネの会）

『遅日の椽』（土曜美術社出版販売）

現住所　〒321-0942 栃木県宇都宮市峰2-16-19

氷室幻想飛行　高田太郎詩集

二〇二四年五月一五日初版発行

著　者　高田太郎

発行者　田村雅之

発行所　砂子屋書房

東京都千代田区内神田三―四―七（〒一〇一―〇〇四七）

電話〇三―三二五六―四七〇八　振替〇〇一三〇―二―九七六三一

URL http://www.sunagoya.com

組　版　はあどわあく

印　刷　長野印刷商工株式会社

製　本　渋谷文泉閣